LES DÉSILLUSIONS D'ALICE

Mao ZAF

Les désillusions d'Alice
Pièce de théâtre en 4 actes

Pièce de théâtre inspirée du roman Alice au Pays des Merveilles, de Lewis Carroll

© 2025, Mao ZAF
Édition : BoD · Books on Demand,
31 avenue Saint-Rémy, 57600 Forbach, bod@bod.fr

Impression : Libri Plureos GmbH, Friedensallee 273,
22763 Hamburg (Allemagne)

ISBN : 978-2-3226-2222-1
Dépôt légal : Juin 2025

REMERCIEMENTS

Merci à Youssra Khiel pour la couverture.

Merci à Bernard Brandes pour ses conseils précieux sur l'écriture, ainsi que pour la mise en scène de cette pièce, et merci à ses élèves qui ont mis tout leur cœur dans l'incarnation des personnages.

Merci à mes amis, qui m'inspirent et me motivent chaque jour.

Et merci aux futurs metteurs en scène qui prendront soin de cette pièce, ainsi qu'aux comédiens qui donneront vie aux personnages.

« Il ne faut jamais avoir peur de l'utopie… Quand on rêve seul, ce n'est encore qu'un rêve, quand on rêve à plusieurs, c'est déjà la réalité. »
Dom Helder Camara

Personnages :

Alice
Héraut le lapin blanc (habillé en infirmier)
Absolem la chenille bleue
Chafouin le chat de Chester
Le Chapelier Fou / Le Lièvre de Mars (même personne)
La « Reine Rouge » (homme en robe, maquillé)
Le Valet de Trèfle
Le Valet de Carreau
Voix off de la Reine Rouge (directrice)

ACTE I

Scène 1
Alice, Héraut

Décor : Quelques chaises dispersées, une petite table avec des tubes (cachets/sirops). (Elle sera toujours dans un coin de la scène).

Alice entre sur scène. Elle marche à reculons, se retourne. Elle observe l'endroit. Elle va vers la table et voit les flacons, elle en prend un.

ALICE. « Buvez-moi ». Curieux...

Une notice est à côté, elle l'ouvre, mais le papier est immense, décourageant à lire, elle la pose, ouvre le flacon et sent.

ALICE. Hum ! Ça sent la myrtille ! *(Regard public)* Mais enfin, avec une si bonne odeur, ça ne peut pas être dangereux.

Alice boit tout le flacon et le repose.

ALICE. C'est délicieux !

Chafouin, Absolem et Chapelier passent, abattus. Ils traversent le plateau, elle ne les voit pas, essaie de replier la notice, difficilement. Peu après, c'est Héraut, montre en main, les yeux fixés sur celle-ci, qui passe, de la même façon. Il voit Alice, prend peur, essaie de se calmer et va vers elle. Il la regarde en détail.

HÉRAUT. Bonjour, ma… mademoiselle…

ALICE. Euh… bonjour.

HÉRAUT. Comment vous sentez-vous ?

ALICE. Hum… perdue. Vous savez où je suis ?

HÉRAUT. Vous n'avez aucun souvenir ?

ALICE. Eh bien… *(réfléchit)* non… La dernière chose dont je me souvienne c'est que j'étais chez moi et que ma sœur me criait dessus. Je ne sais plus pourquoi…

HÉRAUT. Pauvre enfant.

ALICE. Vous pourriez m'expliquer ?

HÉRAUT. Ce n'est pas à moi de le faire. La Reine va certainement vous envoyer un message pour vous voir.

ALICE, *perplexe*. La Reine ?

HÉRAUT. Pardonnez-moi, mais je suis très pressé !

Héraut salue Alice, puis s'en va.

ALICE. Curieux...

Derrière elle, Héraut repasse, fait aller-retour en courant puis revient vers Alice.

HÉRAUT. Vous n'auriez pas vu mes gants par hasard ?
ALICE. Euh... ils sont comment ?
HÉRAUT. Ils sont blancs ! Que faire, mais que faire ?
ALICE. Ne vous en faites pas, on va les retrouver.

Alice commence à chercher. Quand elle se retourne, Héraut est parti.

ALICE, *au public.* Vous y comprenez quelque chose vous ?

Un avion en papier arrive aux pieds d'Alice, elle le déplie.

ALICE. « Invitation pour Alice à une entrevue exclusive avec la Reine ». De plus en plus curieux...

Scène 2

Alice, Absolem

Absolem entre sur scène, une pipe à la main. Alice pose le papier et va vers lui.

ALICE. Bonjour ! Vous pourriez peut-être m'aider, je…

ABSOLEM. Qui es-tu ?

ALICE. Euh je… *(réfléchit)* je suis… Alice.

ABSOLEM. Aucune importance.

ALICE. Mais enfin, vous venez de me demander… c'est pas grave…

Absolem s'éloigne un peu d'Alice, fumant.

ALICE. Monsieur, votre pipe est éteinte.

ABSOLEM. Elle l'est. Si tu penses qu'elle l'est.

ALICE. Je vous demande pardon ?

ABSOLEM. Un sage a dit « ne crois pas tes yeux, ils se trompent souvent. Ton imaginaire, lui, dit toujours la vérité. »

ALICE. Hum… intéressant. Qui est ce sage ?

ABSOLEM. Moi-même.

ALICE. Je vois… Dites, apparemment, je suis

convoquée... mais je ne sais pas où aller...

ABSOLEM. Ce n'est pas du tout intéressant.

ALICE. Hé !

ABSOLEM. Un conseil. Ne bois ni ne mange rien si tu ne l'as pas montré à quelqu'un de compétent.

ALICE. Pourquoi ?

ABSOLEM. Parce que.

ALICE. D'accord... Et à qui dois-je montrer ce que je veux boire ou manger ?

ABSOLEM. Une seule personne ici sait reconnaître le poison au premier reniflement. Le chapelier et le Lièvre de Mars.

ALICE. Ça... ça fait deux, non ?

ABSOLEM. Si tu le dis.

ALICE, *se rendant compte*. Vous avez dit « poison » ?

ABSOLEM. Il y a une règle à appliquer ici : toujours rester calme. Ne l'oublie jamais.

ALICE. Et comment faites-vous pour toujours rester calme ?

ABSOLEM. Nous n'avons pas le choix. Tu n'es pas en vacances ma chère.

ALICE. Justement, je suis où ?

ABSOLEM. Ce n'est pas le bon moment pour parler de ça. Et Héraut serait plus à même de te répondre. Il est un peu l'esclave de la Reine.

ALICE. Mais c'est terrible !

ABSOLEM. Tu n'as pas répondu à ma question.

ALICE. Quelle question ?

ABSOLEM. Qui es-tu ?

ALICE. Bien sûr que j'y ai répondu ! Je suis Alice.

ABSOLEM. Ce n'est pas la bonne réponse.

ALICE. Je sais comment je m'appelle quand même ! Alice, c'est mon nom.

ABSOLEM. C'est bien ce que je dis, ce n'est pas la bonne réponse. Qui es-tu ?

Alice tente de rester calme et réfléchit un moment.

ALICE. Ah. Je vois. Qui je suis ?

ABSOLEM. Je ne peux pas répondre à ta place.

ALICE. Je… je me posais la question à moi-même. Je n'ai pas la réponse…

ABSOLEM. J'attendrai en ce cas.

Absolem disparaît.

ALICE, *au public*. Qui je suis ? Alice. 20 ans. 1m65. Châtain… *(soupire)*. Qui je suis ?

Alice s'assied et sort un carnet et un stylo.

ALICE. Je suis... je suis... perdue. *(Regarde le public un moment)*. Vous savez qui je suis vous, non ? *(Réfléchit)* Je crois... je crois que je ne suis pas grand-chose. Non ! Alice, ne déprime pas ! Ne. Déprime. Pas. Écrire... Écris Alice.

Scène 3
Chafouin, Alice

Alice commence à écrire en fredonnant un air. Chafouin entre, à plat ventre. Il semble qu'il chasse quelque chose. Alice lève la tête et l'observe. Ça dure un certain temps. Puis, il se lève, frotte ses vêtements. Il entend des bruits, tourne la tête chaque fois, tel un chat, sur ses gardes, curieux, vif. Parfois il se gratte, secoue la tête, etc. Chafouin voit Alice et s'approche d'elle à plat ventre. Elle se lève, il se lève, lui tourne autour.

CHAFOUIN. Tu es perdue ?

ALICE. Oui, je... vous pourriez arrêter ça ? Vous me donnez le tournis !

Chafouin s'arrête en face d'elle et se rapproche de son visage.

CHAFOUIN. Tu es perdue ?

ALICE. Oui, oui, je suis perdue. Par où je dois aller ?

CHAFOUIN. Par là où tu veux te rendre, pardi !

ALICE, *tente de garder son calme*. Vous faisiez quoi par terre ?

CHAFOUIN. Je chassais.

ALICE, *sourit*. Vous... chassiez... d'accord.

CHAFOUIN. Aimes-tu les souris ?

ALICE. Hum... Oui, plutôt. Elles sont douces et jolies.

CHAFOUIN. Comme tu es mignonne.

Silence.

CHAFOUIN. Tu es... Perdue ?

ALICE. Vous me l'avez déjà demandé ça...

CHAFOUIN. Tu es sure ?

ALICE. Oui, certaine.

CHAFOUIN. Et qu'as-tu répondu ?

ALICE. Vous le faites exprès ou quoi ? J'ai dit que je ne savais pas où je devais aller !

CHAFOUIN. Le mieux serait d'aller par là où tu veux te rendre !

ALICE. Vous allez bien ?

CHAFOUIN. Je vais bien. Et toi ? Tu as l'air perdue.

ALICE. Ah ça suffit avec ça !

CHAFOUIN. Je veux seulement t'aider.

ALICE. Vous ne m'aidez pas, vous me faites tourner en bourrique.

CHAFOUIN. Je dirais même que je te fais tourner en bourrasque !

Alice rit.

CHAFOUIN. Tu aimes les souris ?

ALICE. Ah ouais quand même…

Agacée, Alice s'en va. Chafouin recommence à s'agiter, puis sort de scène.

Scène 4

Alice, la « Reine Rouge », Absolem

La « Reine Rouge » entre sur scène avec un miroir. Elle se remet du rouge à lèvres. Absolem entre sur scène.

ABSOLEM. « Aucune grâce extérieure n'est complète si la beauté intérieure ne la vivifie. »

« LA REINE ». Va te faire Absolem.

ABSOLEM. C'est comme un très vieux proverbe chinois qui dit : « Rien ne sert de repeindre la maison si les fondations sont pourries. »

« LA REINE ». Un mot de plus et je te fais couper la tête !

ABSOLEM. Rien ne sert d'envoyer des menaces si l'armurerie est vide.

« La Reine » regarde Absolem avec horreur. Alice entre.

ALICE. J'y crois pas ! J'ai encore fait le tour !

ABSOLEM. Ah, tu es là ! *(Ironique)* Connais-tu notre Reine ?

ALICE. Elle existe ? Votre Majesté !

Alice salue bien bas. Absolem rit.

ABSOLEM. Je plaisantais évidemment.

ALICE. Pardon ?

ABSOLEM. Ce n'est pas la Reine !

« LA REINE ». Absolem, il est temps que tu fermes la soupape qui te sert de bec !

Absolem s'éloigne un peu, fier, pipe à la bouche. Valet de Carreau passe en courant avec un carton à la main, Absolem le suit du regard.

« LA REINE ». Et toi, t'es qui ?

ALICE. Euh… je m'appelle Alice.

« LA REINE ». T'es pas d'ici.

ALICE. Non, justement j'essaie de…

« LA REINE ». Stop ! Je vais t'apprendre quelque chose. Ici, c'est moi qui commande. Je suis la Reine, d'accord ? Je pose les questions, tu réponds.

ALICE. Mais Absolem a dit…

« LA REINE ». Qu'est-ce que je viens de dire ? Tu as vu ma couronne ?

ALICE. Oui, mais…

« LA REINE ». Tais-toi ! Absolem, laisse-nous.

ABSOLEM. Pardon ?

« LA REINE ». Va-t'en.

Valet de Trèfle passe en courant avec un sceau de peinture, Absolem le suit du regard.

ABSOLEM, *regardant par où sont partis les valets*. Je m'en vais, mais parce que j'en ai envie, sache-le. *(Il sort)*

« LA REINE », *à Alice*. Ce que je promets de donner, je le donne. Ce que je promets d'enlever… je l'enlève. Assieds-toi.

ALICE. Sans façon, merci.

« LA REINE ». Assieds-toi ! *(Alice s'assied).* C'est bien.

Un silence très gênant s'installe. « La Reine » prend une chaise et s'assied en face d'Alice. Elle sort un papier de sa poche avec inscrit « LA REINE » et l'attache sur son torse.

« LA REINE ». Bien, nous pouvons commencer. Quel est ton nom ?

ALICE. Ben… Alice.

« LA REINE ». Qu'est-ce que tu fais dans la vie ?

ALICE. Je… je sais pas… je chante.

« LA REINE ». Tu chantes bien ?

ALICE. Euh… je ne sais pas. Je n'ai jamais osé chanter devant quelqu'un.

« LA REINE ». Tu t'entends bien avec ta famille ?

ALICE. Ma sœur est très autoritaire, elle se prend pour ma mère…

« LA REINE ». C'est ta réponse ?

ALICE. Disons que ça pourrait être mieux.

« LA REINE ». Est-ce que quelqu'un t'a déjà dit que tu étais bizarre, ou différente ?

ALICE. Euh… oui, mais comme tout le monde, non ?

« LA REINE ». Ne pose pas de questions ! Alors,

qu'est-ce qui cloche chez toi ?

ALICE. Je ne sais pas. Quelque chose devrait clocher ?

« LA REINE ». Sûrement.

ALICE. Rien ne cloche chez moi !

« LA REINE ». Tu ne le sais peut-être pas encore.

ALICE. Mais…

« LA REINE ». Je n'ai pas posé de question ! Ne t'en fais pas, tu te sentiras mieux bientôt.

Absolem entre.

ABSOLEM. Eh, le travelo ! Va donc te vernir les ongles des pieds et te repoudrer le nez, gourgandine orchidoclaste[*] !

« LA REINE ». Ma vengeance sera terrible, Absolem !

« La Reine » sort.

ABSOLEM. Tu vois, c'est comme ça qu'il faut faire.

ALICE. Donc, ce n'est pas la Reine ?

ABSOLEM. Non, pas du tout. Mais elle y croit.

ALICE. C'est étrange, elle prend ce jeu très au

---

[*]Littéralement : Casse-couilles

sérieux.

ABSOLEM. Parce que, pour elle, ce n'est pas un jeu. Pas le jeu auquel tu penses en tous cas.

ALICE. Comment ça ?

ABSOLEM. Elle se cherche. Mais ce n'est pas suffisamment sérieux cette histoire de Reine. C'est pour ça que je la charrie autant d'ailleurs. Elle n'y croit pas encore tout à fait.

ALICE. Euh… d'accord. Sinon, je fais quoi moi maintenant ?

ABSOLEM. Et si je te faisais visiter ?

Alice hoche la tête et ils sortent.

Scène 5
Valet de Trèfle, Valet de Carreau

Les valets de Trèfle et de Carreau arrivent sur scène en courant, Le Valet de Trèfle court après le Valet de Carreau. Ils traversent la scène, sortent de l'autre côté, puis reviennent, traversent la scène dans l'autre sens.

VALET DE CARREAU. Laisse-moi tranquille Trèfle !
VALET DE TRÈFLE. Viens ici !

Ils sortent de scène, puis reviennent, Valet de Carreau s'arrête, à bout de souffle, Valet de Trèfle ne freine pas assez vite et lui rentre dedans.

VALET DE CARREAU. Aïe !

VALET DE TRÈFLE. Hé ! Carreau, tu peux pas faire attention ?

VALET DE CARREAU. C'est toi qui m'es rentré dedans, Trèfle !

VALET DE TRÈFLE. Occupe-toi de tes affaires, veux-tu ?

VALET DE CARREAU. Mais tu m'as fait mal !

VALET DE TRÈFLE. Tu t'es fait mal tout seul.

VALET DE CARREAU. Mais...

VALET DE TRÈFLE. Tu t'es rentré dedans tout seul, OK ?

Valet de Carreau regarde Trèfle, triste, Valet de Trèfle regarde Carreau avec défi, un temps. Valet de Trèfle touche Carreau et part en courant.

VALET DE TRÈFLE. Attrape-moi !

VALET DE CARREAU. Attends-moi !

Ils se courent à nouveau après, sortant de la scène et revenant, cette fois-ci c'est Carreau qui court après Trèfle.

VALET DE TRÈFLE. Tu m'auras jamais !

VALET DE CARREAU. Arrête-toi, on va se faire prendre !

Ils font encore un trajet.

VALET DE CARREAU. Trèfle, je veux pas d'ennuis !

VALET DE TRÈFLE. Dégonflé !

Ils font encore un trajet, mais Carreau tombe par terre.

VALET DE CARREAU. Aïe !

Valet de Trèfle voit que Carreau ne le suit plus, s'arrête et va vers lui.

VALET DE TRÈFLE. Bah, lève-toi !

VALET DE CARREAU. Je me suis fait mal !

VALET DE TRÈFLE. Incorrigible mauvais joueur.

VALET DE CARREAU. Non ! Je me suis vraiment fait mal ! Tu es toujours méchant avec moi…

VALET DE TRÈFLE. Et toi, tu es toujours en train de chouiner ! Viens t'amuser.

VALET DE CARREAU. Non, je veux plus jouer avec toi.

VALET DE TRÈFLE. Non, c'est moi qui ne veux plus jouer avec toi !

Valet de Trèfle va s'assoir, dos à Carreau, croise les bras. Valet de Carreau boude quelques secondes, puis regarde Trèfle et va vers lui. Il lui tapote l'épaule.

VALET DE CARREAU. Trèfle...

Trèfle ne réagit pas.

VALET DE CARREAU. Allez, regarde-moi...

VALET DE TRÈFLE. Je ne te parle plus. À partir de tout de suite.

Valet de Carreau regarde Trèfle, triste, réfléchit. Il lui tapote de nouveau l'épaule. Trèfle ne réagit pas.

VALET DE CARREAU, *comme un secret*. Il y a de la tarte dans le frigo...

Valet de Trèfle sourit, mais essaie de faire le désintéressé.

VALET DE TRÈFLE. Et ?

VALET DE CARREAU. On pourrait le prendre.

VALET DE TRÈFLE. Continue.

VALET DE CARREAU. Je te parie que je suis plus discret que toi !

Valet de Trèfle sourit de toutes ses dents. Se lève d'un bond.

VALET DE TRÈFLE. C'est ce qu'on va voir !

Valet de Trèfle part en courant, Carreau le suit, heureux. Ils sortent de scène.

ACTE II

Scène 1
Chapelier/Lièvre de Mars

Chapelier arrive sur scène avec une théière et des tasses. Il est léger, presque dansant. Il pose le tout sur la table. Se sert une tasse de thé. Boit.

CHAPELIER. Prendras-tu du thé, mon cher Lièvre de Mars ?

LIÈVRE DE MARS. Avec plaisir, mon ami !

CHAPELIER. Le temps est superbe aujourd'hui. Ces murs blancs… on peut dire ce qu'on veut, mais ça éclaircit vachement !

LIÈVRE DE MARS. Entièrement d'accord ! On ne dit pas assez de bien des murs blancs !

CHAPELIER. Penses-tu que le temps va se couvrir ? Je ne voudrais pas que le thé soit gâché.

LIÈVRE DE MARS. Il y a le temps et il y a le temps.

L'un ou l'autre, nous les avons jusqu'au couvre-feu.

CHAPELIER. Tu as raison ! Suis-je bête. D'ailleurs, la dernière fois que le temps s'est couvert, il m'a dit que c'est parce que le froid lui gelait ses aiguilles !

LIÈVRE DE MARS. Hum… C'est grave ! Lui as-tu proposé une autre couverture ? On ne sait jamais…

CHAPELIER. Évidemment, pour qui me prends-tu ?

LIÈVRE DE MARS. Parfois je te prends pour le surveillant qui est là le soir, c'est fort perturbant.

CHAPELIER. Je ne lui ressemble pas du tout !

LIÈVRE DE MARS. Cela dépend sous quel angle on te regarde. *(Il essaie plusieurs angles différents)* 90 degrés.

CHAPELIER. J'ai chaud.

LIÈVRE DE MARS. Comme un hiver de canicule ?

CHAPELIER. Comme un hiver de canidé. Trop poilu. Veux-tu du thé ?

LIÈVRE DE MARS. M'as-tu déjà entendu refuser du thé ?

CHAPELIER. Je préfère demander.

Chapelier pose sa tasse et en prend une autre.

LIÈVRE DE MARS. Je crois que j'ai oublié quelque chose d'important…

CHAPELIER. Aimerais-tu que je t'aide à le trouver ?

LIÈVRE DE MARS. Ah oui, je veux bien, c'est... quelque chose d'important.

Chapelier se lève, fait les cent pas. Chaque fois qu'il fait demi-tour, il devient l'autre.

CHAPELIER. Tu as oublié ta jambe droite ?

LIÈVRE DE MARS. Non ce n'est pas ça...

CHAPELIER. Tes clés ?

LIÈVRE DE MARS, *tâte ses poches*. Clé de 10... clé de 12... non, elles sont là.

CHAPELIER. Alors, ton chapeau !

LIÈVRE DE MARS. Non, il est sa place, sur ma maison !

CHAPELIER. Ta tête, peut-être ?

LIÈVRE DE MARS. Non, elle est à sa place, sous mon chapeau !

CHAPELIER. Il te faudrait vraiment un pense-bête...

LIÈVRE DE MARS. Je sais bien, mais aujourd'hui, je suis intelligent, ça ne me servirait à rien ! Donne-moi un coup de main au lieu de dire des choses insipides.

Il se frappe.

LIÈVRE DE MARS. Merci.

CHAPELIER. Tu te souviens ce que tu as oublié maintenant ?

LIÈVRE DE MARS. Quelque chose… d'important.

CHAPELIER. Important… le but de la vie ?

LIÈVRE DE MARS. Ah non ! 1998, tête première ! Direct dans les filets… deux fois ! Oh, Zizi… *(s'essuie une larmichette).*

CHAPELIER. Alors… tu as oublié tes rêves, peut-être ?

LIÈVRE DE MARS, *réfléchissant intensément.* Je rêve… d'une bonne tasse de thé. Non, pas oublié !

CHAPELIER. Je sais ! Tu as oublié de boire ton thé !

LIÈVRE DE MARS. Aaaaaaah mais oui ! Que ferais-je sans toi Chapelier ?

CHAPELIER. Tu n'irais pas loin, je le crains ! Ni moi non plus.

Scène 2
Alice, Chapelier/Lièvre de Mars

Alice entre sur scène et va vers le Chapelier.

ALICE. Bonjour.

CHAPELIER. Bien belle journée, chère amie.

ALICE. Je suppose...

LIÈVRE DE MARS. Je sens mauvais ?

ALICE. Je vous demande pardon ?

LIÈVRE DE MARS. Tu ne me dis pas bonjour à moi, donc, quoi ? Je sens mauvais ?

ALICE. Mais je viens de vous le dire !

LIÈVRE DE MARS, *au Chapelier.* Tu l'as entendu me saluer toi ?

CHAPELIER. Non, tu as raison ! *(À Alice)* Tu es très mal élevée !

ALICE. Je ne comprends pas !

LIÈVRE DE MARS. Elle est bête en plus !

ALICE. Hé ! C'est vous l'idiot qui oubliez tout !

LIÈVRE DE MARS. Comment elle sait ça ?

CHAPELIER. Je ne sais pas. *(À Alice)* Tu nous écoutais, avoues ! Ou alors... tu lis dans les pensées ?

ALICE. Vous n'êtes pas fini vous.

LIÈVRE DE MARS. On n'a pas fini quoi ?

ALICE, *désespérée.* Votre thé.

CHAPELIER. Oh, tu as raison, tu es très intelligente !

ALICE. Merci.

CHAPELIER. Veux-tu une tasse ?

ALICE. Je veux bien.

Chapelier tend une tasse à Alice.

ALICE. Euh… elle est vide…

CHAPELIER. Tu ne m'as jamais dit que je devais la remplir ! *(Au Lièvre de Mars)* C'est fatigant ces gens qui ne savent pas ce qu'ils veulent.

LIÈVRE DE MARS. Insensé.

CHAPELIER. Aberrant.

LIÈVRE DE MARS. Ahurissant.

CHAPELIER. Incroyable.

LIÈVRE DE MARS. Délirant.

CHAPELIER. Dingue.

ALICE, *amusée*. Dément !

LIÈVRE DE MARS. Oh ! Joli, triple « D » !

CHAPELIER. Il manque un chapeau sur ta tête. Ainsi, tu es ridicule.

ALICE. Vous, il vous manque une case !

CHAPELIER, *exagérant le drame*. Je sais, la C8 ! Le fou est parti avec !

Alice rit.

CHAPELIER, *mystérieux*. Dis-moi : pourquoi la grenouille dit « groua » à la lune ?

ALICE. Une devinette ? Ah, j'aime ça ! Alors… je crois qu'il me faut un peu de temps.

LIÈVRE DE MARS. Tu veux dire que tu penses avoir besoin de temps ?

ALICE. C'est exactement ce que j'ai dit...

CHAPELIER. Absolument pas ! C'est comme si tu disais que : « je crois ce que je vois », c'est la même chose que « je vois ce que je crois ».

LIÈVRE DE MARS. Ou que : « je lis quand je m'ennuie », c'est la même chose que « je m'ennuie quand je lis ».

CHAPELIER. Quel jour est-il ?

LIÈVRE DE MARS. Mardi.

ALICE. Je suis un peu perdue là.

CHAPELIER. Va voir Chafouin, le Chat de Chester. Il adore indiquer des chemins. *(Rit)*

ALICE. Je l'ai vu, et il ne m'a pas aidée.

CHAPELIER. As-tu deviné ma devinette ?

ALICE. Hélas non. Quelle est la réponse ?

CHAPELIER. Aucune idée.

LIÈVRE DE MARS. Ni moi non plus.

ALICE. C'est à ça que vous utilisez votre temps ?

CHAPELIER. Lequel ? Il y en a un avec qui je suis fâché. Pour se venger, il a fait en sorte que ce soit toujours l'heure du thé pour moi.

ALICE. Comment c'est possible ?

CHAPELIER. Tu n'as qu'à lui demander.

ALICE, *amusée*. Oui, je vais faire ça.

LIÈVRE DE MARS. Connais-tu des mots commençant par la lettre « P » ?

ALICE. Prison.

CHAPELIER, *affolé*. Quoi ?

LIÈVRE DE MARS, *affolé*. Qu'est-ce qu'elle a dit ?

ALICE. Vous êtes enfermés non ?

LIÈVRE DE MARS. Enfermés ? C'est peut-être un peu exagéré…

CHAPELIER. Je dirais plutôt que nous sommes…

LIÈVRE DE MARS. Placés.

CHAPELIER. Dans un endroit avec…

LIÈVRE DE MARS. Peu d'issues.

ALICE. Vous n'avez pas envie de partir ?

CHAPELIER. Partir ?

LIÈVRE DE MARS. Quelle idée saugrenue !

CHAPELIER. Nous sommes très bien ici… nous sommes…

LIÈVRE DE MARS. Nourris.

CHAPELIER. Logés…

LIÈVRE DE MARS. Et nous avons du thé !

ALICE. Vous me diriez où nous sommes ?

CHAPELIER. Ça dépend. Parfois nous l'appelons Hôtoile.

ALICE. Qu'est-ce que c'est ?

CHAPELIER. Un hôtel une étoile !

LIÈVRE DE MARS. Parfois nous l'appelons maisingue. Une maison avec des dingues !

ALICE, *se prêtant au jeu.* Charmette paportes !

CHAPELIER. Plaît-il ?

ALICE. Charmante maisonnette qui n'a pas de portes !

LIÈVRE DE MARS. Intéressant !

CHAPELIER. Fascinant.

ALICE, *au public en souriant.* Il est génial, vous ne trouvez pas ?

CHAPELIER. À qui parles-tu ?

Alice reste silencieuse et perd son sourire.

ALICE, *baissant la tête.* À personne... je... je vais...

Alice s'en va.

LIÈVRE DE MARS. Elle est très étrange.

CHAPELIER. Oui, très étrange.

LIÈVRE DE MARS. Elle n'a même pas bu de thé.

CHAPELIER. Crois-tu que... qu'elle n'aime pas le thé ?

LIÈVRE DE MARS. Je le crains.

CHAPELIER. Mais c'est terrible ! Elle doit être bien malheureuse dans sa vie.

LIÈVRE DE MARS. Personne ne peut être heureux s'il ne boit pas de thé.

CHAPELIER. Je me souviens d'il y a quelques jours où j'étais très triste. J'aurais voulu mourir. Mais tu m'as proposé du thé, et ça allait mieux !

LIÈVRE DE MARS. Si le thé n'existait pas, la vie serait dévithéïné !

CHAPELIER. Bien trouvé Lièvre de Mars ! Et si nous allions en rechercher ?

LIÈVRE DE MARS. Splendide idée, Chapelier !

Il sort de la même façon qu'il est entré, juste avec la théière.

Scène 3
Valet de Trèfle et Valet de Carreau

Valet de Trèfle avec un seau de peinture rouge et des pinceaux et le Valet de Carreau avec un carton plusieurs fois le mot « ROSE », (en blanc) écrit dessus en lettres capitales, entrent sur scène, ils se mettent en place et commencent à peindre l'intérieur des lettres en rouge.

VALET DE TRÈFLE. Attention Carreau, tu m'éclabousses !

VALET DE CARREAU. Pardon, je n'ai pas fait exprès,

c'est toi qui m'as poussé !

VALET DE TRÈFLE. Occupe-toi de tes affaires, veux-tu ? Si tu ne veux pas qu'elle te mette dans le trou noir !

VALET DE CARREAU. Et je peux savoir pourquoi ?

VALET DE TRÈFLE. Ça ne te regarde pas !

VALET DE CARREAU. Tu veux te battre Trèfle ?

Valet de trèfle met de la peinture sur le nez de Carreau. Valet de Carreau est offusqué. Valet de trèfle coince son pinceau dans sa ceinture. On entend la musique « Fight Song » de Rachel Platten (début du refrain), les deux valets regardent vers le haut.

VALET DE TRÈFLE. Sérieusement ?

La musique se coupe, on entend ensuite « Mas Que Nada » de Luiz Henrique Rosa, monter. Possibilité de chorégraphie :

Ils se saluent.

Valet de Carreau dit à Valet de Trèfle de s'approcher de la main.

Valet de Trèfle fait un geste avec deux doigts « je te surveille » à Valet de Carreau.

Valet de Carreau remonte son pantalon exagérément, puis met son pinceau dans sa ceinture.

Tous deux se regardent, les jambes un peu écartées en bougeant les mains, comme les cow-boys avant de prendre leur revolver.

Ils se rapprochent tout en se décalant un peu sur la droite, regard de défi, les mains font toujours la même chose, jusqu'à être face à face.

Le Valet de Trèfle approche sa main gauche au ralenti jusqu'au chapeau du Valet de Carreau. Arrêt quand sa main est dessus, large sourire.

Le Valet de Trèfle prend le chapeau, le ramène à lui, puis sort son pinceau.

Coups de pinceau rythmés.

Le valet de Carreau, en colère, veut récupérer son chapeau.

Ils tirent le chapeau d'un côté et de l'autre.

Ils tirent le chapeau d'un côté et de l'autre, mais en marchant d'avant en arrière. Le Valet de Carreau arrive à récupérer son chapeau.

Le Valet de Carreau inspecte son chapeau, le dépoussière, souffle dessus.

Le Valet de Carreau met son chapeau et commence à tourner autour du Valet de Trèfle. Celui-ci a les bras croisés, tapote du pied et le suit du regard.

Le Valet de Carreau prend le pinceau des mains du Valet de Trèfle.

Le Valet de Carreau jette le pinceau.

Le valet de Trèfle se baisse doucement pour ramasser son pinceau pendant que le Valet de Carreau fait le tour de ce dernier jusqu'à être face à ces fesses.

Le valet de Carreau prend son pinceau, coups de pinceau rythmés sur les fesses de valet de Trèfle.

Le valet de Trèfle se relève très vite (sans avoir réussi à prendre son pinceau) et pointe le Valet de Carreau du doigt, la musique s'arrête.

Alice entre sur scène et s'approche d'eux tout en regardant le carton.

ALICE. Bonjour messieurs.

Les deux valets la regardent.

ALICE. Vous faites quoi ?

Valet de Trèfle va ramasser son pinceau.

VALET DE CARREAU. Eh bien, voyez-vous, ma chère, ce rosier aurait dû être rouge. Mais, par mégarde, nous avons planté un rosier blanc ! Si la Reine le voit, les choses vont très mal se passer pour nous... alors nous essayons d'arranger... les choses.

ALICE. Qui est donc cette Reine ? Je ne l'ai toujours pas vue.

VALET DE CARREAU. Eh bien, préparez-vous, ça arrivera bien assez vite. On ne peut pas la semer bien longtemps.

ALICE. Mais, je ne cherche pas à la semer !

VALET DE CARREAU. Ah... vous devriez.

On entend une cloche.

VALET DE TRÈFLE. Désolé, mais, c'est l'heure du casse-croûte. Bon vent !

Les valets ramassent tout et sortent en courant.

ALICE. Attendez ! Zut... j'ai faim. *(Au public)* Vous n'avez pas faim vous ?

Scène 4

Alice, Héraut, « La Reine », Les Valets

Héraut arrive en courant.

HERAUT. Ma chère, ma chère ! La Reine vous attend !

ALICE. Maintenant ?

HERAUT. Vous n'avez pas eu son invitation ?

ALICE. Si, si... mais... je ne pensais pas que c'était un vrai rendez-vous, car j'ai rencontré *(guillemets avec les doigts)* « La Reine » ...

HERAUT. Oh non, il a recommencé...

ALICE. — « Elle », non ? Ce n'est pas... « elle » ?

HERAUT. Je crois que ce n'est pas important.

ALICE. J'ai l'impression qu'il pense vraiment être une femme.

HERAUT. Dans tous les cas, il, ou elle, se met en danger constamment...

ALICE. En danger ? Comment ça ?

HERAUT. La Reine ne l'aime pas beaucoup. Il est déjà en sursis.

ALICE. Pourquoi ?

HERAUT. Il est pénible. Et il n'est pas très discret sur le fait qu'il ne prenne pas sa drogue.

ALICE. Quelle drogue ? Je ne comprends pas.

HERAUT. Vous savez, dans les flacons. Normalement on doit tous en boire... Je n'aime pas ça... ça donne des hallucinations terribles ! Une fois j'ai eu l'impression d'être dans un hôpital. J'étais mort de peur !

ALICE. Si c'est mauvais, pourquoi faut-il en boire ?

HERAUT. Elle veut nous empêcher de penser par nous-mêmes... *(chuchotant)* elle a des secrets qu'elle doit garder. En fait, je ne sais pas trop. Et mieux vaut ne pas en parler. *(Regarde autour de lui, parano)*. En tous cas, Chapelier et Lièvre de Mars arrivent presque toujours à faire la différence entre le poison et le reste. Mais nous devons être discrets !

ALICE. Bon, j'en ai marre ! Ça va trop loin là ! Je rêve c'est pas possible autrement ! je veux rentrer chez moi.

HERAUT. Vous êtes chez vous.

ALICE. Non ! Je suis désolée, mais non, je ne suis pas chez moi ! Chez moi, on ne parle pas de poison ni de Reine ! Il n'y a pas d'interrogatoire par une soi-disant Reine qui finit par me dire que je suis folle ! Il n'y a pas un mec qui se balade à quatre pattes, les gens ne se sauvent pas après m'avoir posé une question, ceux qui fument, fument, ceux qui boivent du thé, boivent du thé ! Je n'ai jamais vu personne peindre des mots en disant que ce sont des fleurs ! Tout ça n'a pas de sens ! Et comme vous avez tous l'air complètement dingues et copains avec votre folie, j'en déduis que je rêve ! Oui, voilà, je rêve ! C'est simple. Je suis tout simplement en train de rêver. *(Se met à rire)* Du coup, vous venez tous de mon esprit ! C'est ironique, non ? *(Rit de plus belle)* Si vous venez tous de là *(se tape la tête)* ça veut dire que je suis complètement tordue ! Je n'aime pas du tout, du tout, du tout ce rêve… *(Arrête de rire, s'agite, larmes aux yeux)* Ça ne peut pas continuer… j'en peux plus moi, je veux me réveiller. Je veux me réveiller maintenant ! *(Ferme les yeux le plus fort possible, s'accroupit)* Réveille-toi... réveille-toi... réveille-toi, Alice ! réveille-toi... *(ouvre les yeux, regarde autour d'elle, affolée, fixe Héraut)* je... je rêve pas... Pourquoi je rêve pas ? *(Regarde le public, affolée)* Ils sont où ?

HERAUT, *compatissant.* Qui donc, ma chère enfant ?

ALICE. Mes... mes amis... *(silence)* ils sont partis. Ils m'ont laissé tomber. *(À Héraut)* Pourquoi ils m'ont abandonnée ?

HERAUT. Allons, calmez-vous... ils vont revenir... je suppose.

ALICE. Non. Je suis toute seule.

HERAUT. Mais non, mais non...

« La Reine » entre sur scène.

HERAUT. Hé ! Vous ! Qu'avez-vous dit à cette jeune fille ?

« LA REINE ». Secret médical.

HERAUT. Vous n'êtes pas La Reine ! Vous jouez avec le feu... Alors, maintenant, réveillez-vous et cessez vos âneries !

« LA REINE ». J'ai pas d'ordres à recevoir de toi ! Tu t'es vu ? Tu es pathétique. Vous l'êtes tous !

HERAUT. Ça suffit, je vous en supplie ! Ce n'est pas

croyable d'être aussi borné !

« LA REINE », *chouinant*. Mais tu veux toujours briser mes rêves et me rabaisser... Pour toi, c'est jamais assez bien ce que je fais ! C'est pas juste...

HERAUT. Ah non, ne me faites pas le coup des larmes !

« LA REINE ». M'en fiche, je vais aller envahir un pays !

« La Reine » sort de scène, Héraut est désespéré.

HERAUT. Je suis navré que vous ayez assisté à ça...

ALICE. Je ne comprends pas, vous n'êtes pas infirmier ?

HERAUT. Je ne sais plus ce que je suis.

Les valets passent en courant, Trèfle court après Carreau.

VALET DE TRÈFLE. Je suis juste derrière toi !

ALICE. C'est quoi leur problème à eux ?

HERAUT. Oh non, encore...

Les valets repassent.

HERAUT. Stop !

Ils font un freinage forcé.

HERAUT. Vous voulez vraiment retourner en isolement ?

VALET DE TRÈFLE. Mêle-toi de tes affaires !

VALET DE CARREAU. C'est Trèfle, il...

VALET DE TRÈFLE. Je te demande pardon ?

VALET DE CARREAU. Je n'aime pas le trou noir, il me fait peur...

VALET DE TRÈFLE. Alors tu me balances ?

Trèfle bombe le torse et met ses poings en position de combat.

HERAUT. Ça suffit, vous me rendez dingue !

VALET DE TRÈFLE. Mêle-toi de tes affaires Héraut ! Il est à moi !

VALET DE CARREAU. Ah ouais ? Eh ben... c'est toi qui es à moi ! Voilà !

VALET DE TRÈFLE. Viens me le dire en face Carreau !

VALET DE CARREAU. Eh ben... je suis déjà en face ! Voilà !

ALICE. Ils sont vraiment curieux ces deux-là...

HERAUT. Ils sont tout le temps comme ça... je n'en peux plus...

VALET DE TRÈFLE. Tu sais quoi, Carreau ?

VALET DE CARREAU. Non, quoi, Trèfle ?

Trèfle fait des mouvements de boxe un temps, puis touche Carreau.

VALET DE TRÈFLE. Attrape-moi ! *(Part en courant)*

VALET DE CARREAU. Attends, Trèfle ! *(Lui court après)*

HERAUT, *désespéré*. Je n'en peux plus... Bon, il est temps d'aller voir la vraie reine.

ALICE, *silence un temps*. Est-ce qu'elle va me donner du poison ?

HERAUT. J'espère que non. Cela dépendra de vos réponses à ses questions. Vous êtes prête ?

Alice n'a pas le temps de répondre, Héraut est déjà parti.

ALICE. Mais attendez ! Je sais pas où je dois aller...

Alice sort.

ACTE III

Scène 1
« La Reine », Alice, Chafouin

« La Reine » entre et s'assied, elle travaille avec une certaine hyperactivité sur des feuilles blanches, munie d'un crayon. Alice entre sur scène.

ALICE. Vous faites quoi ?

« LA REINE ». Un plan... Je refuse de me soumettre. J'en ai assez de cet endroit, et de ce poison ! Je refuse qu'on m'enferme et qu'on me dise quoi être !

ALICE. Vous allez faire quoi alors ?

« LA REINE ». Une révolution ! Ou une évasion, que sais-je...

ALICE. J'aimerais vous aider.

« LA REINE ». Ah ? Tu ne te crois pas folle ?

ALICE. Je ne sais pas ce que je suis. Mais, si tout ça est bien réel, ça ne me convient pas du tout. Cette situation est... pesante. Je veux vous aider à tout renverser.

« LA REINE », *notant vite quelque chose*. Tout renverser, c'est ça... Alors, d'ici peu, nous serons tous convoqués au salon. Nous le sommes toujours, pour un oui ou pour un non.

ALICE. Comment ça ?

« LA REINE ». Cherche pas à comprendre ! Le but c'est qu'on se carapate ! Et c'est à ce moment-là qu'on pourra tout renverser... Oui, c'est ça ! Ça va marcher ! Je suis un génie ! Une génie ! Un géniE[1] ! Il faudra faire diversion devant le lapin.

ALICE. Le quoi ?

« LE REINE ». Héraut ! L'infirmier. Bon, donc, on fait diversion, on trouve la réserve de poisons, et on la détruit ! Un jeu d'enfant !

ALICE. Mais quand ? Et comment savoir où se trouve la réserve ?

« LA REINE ». Tu me fais confiance ?

ALICE. Non.

« LA REINE ». Très bien, alors tu serviras d'appât. Tu auras juste à jouer le jeu et répondre aux questions. Tu feras comme si tout est normal !

Chafouin entre sur scène avec une chaise. « La

---

[1] Pour le son : Un gén[ieu]

Reine » le foudroie du regard, s'en va.

Scène 2
Alice, Chafouin

Chafouin pousse une estrade jusqu'au fond de la scène, face au public, puis commence à apporter une chaise sur le côté gauche de la scène, elles seront alignées et perpendiculaires au public. Une fois les chaises placées, Chafouin apportera un pupitre à mettre côté droit.

ALICE. Vous êtes encore là vous.

CHAFOUIN. Aurais-tu l'amabilité de m'aider s'il te plaît ?

ALICE. À faire quoi ?

CHAFOUIN. Tricoter une capuche. À apporter des chaises !

ALICE. Ah, oui, pardon. Il en faut combien ?

CHAFOUIN. Comment veux-tu que je le sache ?

Alice s'apprête à réponse, mais s'abstient et apporte une chaise.

CHAFOUIN. Alors, tu as retrouvé ton chemin finalement ?

ALICE. Non, pas du tout. J'ai l'impression de tourner en rond.

CHAFOUIN. Comme nous tous.

ALICE. Comment ça ?

CHAFOUIN. Ne perds pas la main, apporte une autre chaise.

Alice apporte une chaise.

ALICE. Vous en avez déjà eu vous du P.O.I.S…

CHAFOUIN, *croyant répondre à une devinette.* Du poison !

ALICE. Et donc ?

CHAFOUIN. Et donc quoi ?

ALICE. Vous en avez déjà pris ?

CHAFOUIN. De quoi ?

ALICE. Du poison !

CHAFOUIN. Oui c'est déjà arrivé.

ALICE. Et maintenant, ça va ?

CHAFOUIN. Ce que tu peux être curieuse.

ALICE. C'est que… j'ai bu quelque chose en arrivant et… je ne sais pas. J'ai l'impression de perdre pied. Je comprends pas ce que je fais là.

CHAFOUIN. Ça passera. La Chenille ne t'a pas fait

le topo ?

ALICE. La... la quoi ? La chenille ?

CHAFOUIN. Absolem. Il parle *(exagère une lenteur)* comme ça tout le temps *(reprend un débit normal)* et fume la pipe.

ALICE. Ah ! Oui, il me l'a fait, mais c'était trop tard.

CHAFOUIN. Dommage pour toi.

ALICE. Vous savez quoi ? C'est fatigant d'être fatigué !

CHAFOUIN. Et c'est usant d'être usé.

ALICE. Oui, c'est ça !

CHAFOUIN. As-tu retrouvé ton chemin ?

ALICE. Oh, non ! Vous recommencez !

CHAFOUIN. Les heures passent, mais la vie s'est arrêtée.

ALICE. Pardon ?

CHAFOUIN. Ne cherche jamais de sens à ce qui se passe ici.

ALICE. Mais je veux comprendre ! Je ne sais même pas comment j'ai atterri ici !

CHAFOUIN. Tout vient à point à qui sait attendre !

ALICE. J'en ai assez d'attendre.

CHAFOUIN. As-tu autre chose à faire ?

ALICE. Eh bien... *(hésitante)* vous avez entendu parler d'une révolution ?

Chafouin fait comme s'il n'avait rien entendu.

CHAFOUIN. Je passe mon temps à chercher. Ça m'évite d'avoir des idées noires. Mais je ne trouve jamais.

ALICE. Vous cherchez quoi ?

CHAFOUIN. Qui peut le savoir ? Et toi, que cherches-tu ?

ALICE. Du sens... ou bien partir d'ici.

CHAFOUIN. Ça te passera.

ALICE. Le plan de « La Reine » va peut-être marcher.

CHAFOUIN, *s'en allant.* L'espoir fait vivre !

ALICE. Restez, s'il vous plaît !

CHAFOUIN, *s'arrêtant net et se retournant.* Bonjour. Tu es perdue ?

ALICE. Bon d'accord, vous pouvez partir.

Chafouin sort.

Scène 3

Alice, Absolem

Absolem entre sur scène.

ABSOLEM. Alors, as-tu réussi à garder ton calme ?

ALICE. J'ai essayé. Ce n'est pas évident.

ABSOLEM. C'est ça le défi. Rester calme quand on a envie de hurler, pour ne pas avoir à se faire calmer.

ALICE. C'est normal que je ne comprenne jamais rien de ce que vous dites, tous ?

ABSOLEM. Tu dois être un peu folle. Ou simple d'esprit.

ALICE. Ça suffit avec ça ! Je ne suis pas folle !

ABSOLEM. Le calme mon enfant. Le caaaaaaalme *(prend une grande respiration).* Le calme, c'est tout ce dont tu as besoin.

ALICE. Je n'ai assez du calme ! J'aime le bruit ! J'aime crier, chanter, danser !

ABSOLEM. Pas ici.

ALICE. Alors, je vais trouver un moyen de partir, et je vais rentrer chez moi !

ABSOLEM. Impossible.

ALICE. Ah oui ? Et pourquoi ?

ABSOLEM. Extravagant.

ALICE. Je ne veux pas jouer à ça maintenant.

ABSOLEM. Infaisable.

ALICE. Stop !

ABSOLEM. Inimaginable.

ALICE. S'il vous plaît, arrêtez !

ABSOLEM. Elle t'a parlé de son plan révolutionnaire, hein ?

ALICE. Comment savez-vous ?

ABSOLEM. Elle a fait son numéro à chacun d'entre nous. Elle nous a tous convaincus les uns après les autres. Chaque fois, elle a un plan en béton.

ALICE. Et ça n'a jamais marché ?

ABSOLEM. À ton avis ?

ALICE. Je veux juste m'en aller...

ABSOLEM. Tu sais, on s'habitue à tout. On n'est pas si mal ici.

ALICE. Comment vous pouvez dire ça ?

ABSOLEM. Tu verras. « Qui vivra verra ». « Dans la vie on ne fait pas ce que l'on veut, mais on est responsable de nos actes ». « La vie est un mystère qu'il faut vivre, et non un problème à résoudre ». « La vie... c'est comme une bicyclette... »

ALICE. Arrêtez, c'est insupportable !

ABSOLEM. Insoutenable.

Scène 4

Alice, Absolem, Chapelier/Lièvre de Mars, les valets, Voix Off

Le Chapelier entre sur scène.

CHAPELIER. Bien le bonjour les amis !

ABSOLEM. Tu n'as pas ta théière ?

CHAPELIER. Je savais bien que j'avais oublié quelque chose...

LIÈVRE DE MARS. On ne peut jamais compter sur toi !

CHAPELIER. Tu es sûr ? *(À Absolem)* Absolem, pose ta main là. *(Absolem pose sa main sur l'épaule du Chapelier)* Maintenant, compte jusqu'à 5.

ABSOLEM. Bien sûr. Un... deux... trois... quatre... cin...

CHAPELIER. Tu vois, Lièvre de Mars, c'est facile !

LIÈVRE DE MARS. Tu veux toujours avoir le dernier mot !

CHAPELIER. C'est faux, je ne connais même pas le dernier mot !

ALICE, *à Absolem*. Il est toujours comme ça ?

ABSOLEM. Comment ?

ALICE. Eh bien... il se dispute avec lui-même... entre

autres.

ABSOLEM. Mais non, il se dispute avec le Lièvre de Mars, sotte que tu es.

ALICE. Mais enfin vous vous foutez tous de moi ou quoi ?

ABSOLEM. Le calme, ma chère.

ALICE. Merde avec le calme !

Derrière eux, les valets traversent la scène, pinceaux à la main. Alice, Absolem et Chapelier les regardent, puis se regardent.

CHAPELIER. C'est le valet de trèfle qui va gagner.

LIÈVRE DE MARS. N'importe quoi ! Le valet de carreau est le plus rapide !

CHAPELIER. Mais pas le plus fort !

ABSOLEM. Chapelier, aurais-tu un antidote ? La petite a mauvaise mine.

CHAPELIER. Je vais chercher ça.

Chapelier s'en va.

ALICE. Alors ce que j'ai bu… c'était bien du poison ?

ABSOLEM. En effet. Fais attention la prochaine fois.

VOIX OFF. Tout le monde au salon. Je répète, tout le monde au salon.

ABSOLEM. Ça va chauffer.

ALICE. Qu'est-ce qui se passe ?

On voit de nouveau les deux valets se courir après.

VALET DE TRÈFLE. Attends que je t'attrape !

VALET DE CARREAU. Arrête Trèfle, on va avoir des ennuis !

Ils disparaissent.

ABSOLEM. Le Lièvre de Mars avait raison : le valet de carreau est plus rapide.

ALICE. En effet…

Les valets repassent, voient Absolem et Alice, s'arrêtent.

VALET DE TRÈFLE. J'ai bien entendu ?

ALICE. Je vous demande pardon ?

VALET DE TRÈFLE. J'ai bien entendu ?

VALET DE CARREAU. Il a bien entendu ?

VALET DE TRÈFLE. Tais-toi Carreau, je m'en occupe.

ABSOLEM. Valet de Carreau est plus rapide.

VALET DE TRÈFLE. Redis ça pour voir !

ABSOLEM. Valet de Carreau est plus rapide.

VALET DE TRÈFLE. Ah ouais ? *(Bombe le torse)*

VALET DE CARREAU, *l'imitant.* Ah ouais ?

VALET DE TRÈFLE. Carreau, retiens-moi !

VALET DE CARREAU. D'accord !

Valet de Carreau entoure Trèfle de ses bras qui fait comme s'il allait frapper Absolem.

VALET DE TRÈFLE. Répète un peu !

ABSOLEM. Même la tempête a besoin d'une décharge pour se déchaîner.

Valet de Trèfle se calme, Carreau le lâche. Trèfle regarde Carreau.

VALET DE TRÈFLE. Qu'est-ce qu'il a dit ?

VALET DE CARREAU, *perdu.* Je ne suis pas sûre… qu'est-ce que tu as dit ?

ABSOLEM. Que nous sommes convoqués au salon.

VALET DE TRÈFLE. Il se moque de nous.

VALET DE CARREAU. Tu te moques de nous.

VALET DE TRÈFLE. C'est ta faute !

VALET DE CARREAU. Quoi ? Mais…

VALET DE TRÈFLE. C'est parce que tu comprends jamais rien !

VALET DE CARREAU. Mais tu n'as pas compris non plus...

VALET DE TRÈFLE. Mêle-toi de tes affaires Carreau !

Ils se regardent, Carreau se met à courir, Trèfle le poursuit.

ALICE. Wow... ils sont... vraiment curieux.

ABSOLEM. Tu trouves ? Bon, allons-y.

ALICE. Nous sommes convoqués pourquoi ?

ABSOLEM. Aucune idée. Mais ça va chauffer.

ALICE, *regardant le public*. Mes amis me manquent tellement...

ABSOLEM. Allez, dépêche-toi.

ALICE. Où est le salon ?

Absolem ne lui répond pas, il est déjà sorti. Alice se tourne et ne le voit pas.

ALICE. Quoi ? Encore ?

ACTE IV

Scène 1
Tous

Tout le monde va s'asseoir. Chapelier et Héraut ne sont pas encore là. Alice observe sans comprendre et finit par s'asseoir aussi. Chapelier entre, va vers Alice et lui donne une fiole.

CHAPELIER. Bois ça.

ALICE. Comment ?

Héraut entre en dernier et se met face au pupitre.

CHAPELIER. Dépêche-toi, ça va commencer !

Alice boit, Chapelier va s'asseoir.

HERAUT. *(Bien fort)* Chers tous ! *(Se rappelle qu'il est timide, moins fort),* chers tous... La Reine m'a confié une mission. Je vous la lis :

« Les tartes pour le dessert ont été préparées
Mais sans crier, GARE ! Quelqu'un les a volés.
Héraut, c'est à toi de trouver l'auteur du délit,
Celui-ci, sans manger, ira directement au lit. »

ALICE. Des rimes, carrément ?

HERAUT. Je vais donc procéder à un interrogatoire pour découvrir la personne qui a volé les tartes... Chapelier, mettez-vous là *(montre l'estrade).*

Chapelier va sur l'estrade.

CHAPELIER. Je ne suis qu'un pauvre homme mon ami...

LIÈVRE DE MARS. Je te signale que tu es plus riche que moi !

HERAUT. Silence ! *(Se rappelle qu'il est timide, tousse)* Silence. Chapelier, faites votre déposition.

CHAPELIER. Ça a commencé avec des tintements de thé...

HERAUT. Mais encore ?

CHAPELIER. Il y a eu les tintements. Je me faisais une tartine et puis... c'est là que ça a tinté.

Silence.

HERAUT. Quel est le rapport avec le vol des tartes ?

CHAPELIER. Il n'y en a pas.

HERAUT. Reprenez-vous Chapelier ! Vous savez ce que je risque !

Chapelier descend de l'estrade et se met à genoux.

CHAPELIER. Je ne suis qu'un pauvre homme...

HERAUT. Ça suffit Chapelier... Bon, vous pouvez descendre.

CHAPELIER. Je ne peux pas aller plus bas que bas, je suis déjà sur le plancher.

HERAUT. Eh bien... dans ce cas, rasseyez-vous.

LIÈVRE DE MARS. Minute Chapelier ! C'est mon tour.

HERAUT. Ah, oui, Le Lièvre de Mars...

Il remonte sur l'estrade.

HERAUT. Je vous écoute.

LIÈVRE DE MARS. Eh bien. C'était un jeudi. Non, un lundi, c'était un lundi ! Je flânais entre les oreilles de ma maison, et je l'ai entendu...

HERAUT. Entendu quoi ?

LIÈVRE DE MARS. Comme un tintement…

HERAUT. Vous n'allez pas vous y mettre…

LIÈVRE DE MARS. Le doux son de ce… tintement, donc, est parvenu jusqu'à mes longues oreilles. (*Mystérieux*) C'est là que j'ai compris.

HERAUT. Compris quoi ?

LIÈVRE DE MARS. Que c'était l'heure… (*Enjoué*) Du thé ! Donc j'ai rejoint mon ami le Chapelier.

Silence.

LIÈVRE DE MARS. J'ai fini.

HERAUT, *soupir*. Bon, descendez maintenant. Absolem ?

Absolem monte sur l'estrade.

HERAUT. Nous n'avons plus beaucoup de temps… Faites votre déposition.

ABSOLEM. Et, que dois-je déposer ?

HERAUT. Absolem… les tartes… que savez-vous sur le vol des tartes ?

ABSOLEM. Ont-elles été mangées ?

HERAUT. Pardon ?

ABSOLEM. Si elles n'ont pas été mangées, ce n'est peut-être qu'un emprunt, et non un vol.

HERAUT. Absolem, là, vous ne m'aidez pas ! Concentrez-vous s'il vous plaît.

ABSOLEM. Oui, les tartes n'est-ce pas ? Je ne mange pas de tartes. Merci.

Absolem descend.

HERAUT. D'accord… on n'avance pas du tout. Alice ?

ALICE. Euh… oui, j'arrive.

HERAUT. Que sais-tu de cette affaire ?

ALICE. Rien.

HERAUT. Absolument rien ?

ALICE. Absolument rien.

HERAUT, *désespéré*. Je vais finir en brochettes… Allez vous asseoir, je vous en prie… Lucien.

« LA REINE ». Je suis La Reine !

HERAUT. V-v-v-vous, c'est, ce n'est pas le moment ! Alors, que savez-vous ?

« LA REINE ». On a volé mes tartes !

HERAUT. Celle de la Reine. Donc, avez-vous vu quelque chose ?

« LA REINE ». Quelqu'un a volé mes tartes ! Je ne sais pas comment il a fait, je ne me suis rendu compte de rien ! Je ne savais même pas qu'elles avaient été volées. Jusqu'à maintenant. Et je ne suis très en colère !

HERAUT. Vous… pouvez… disposer…

« LA REINE ». La Reine ne dispose pas ! À part peut-être des petites fleurs dans un coin de la table… Mais ce n'est pas la question !

HERAUT. Connaissez-vous la question ?

« LA REINE », *ouvre la bouche et beug*. Je vais laisser ma place.

HERAUT. Bien… Les valets de carreau et de trèfle s'il vous plaît !

VALET DE CARREAU. À vos ordres, chef ! *(Main sur le front)*.

HERAUT. Les tartes. Vite, par pitié…

VALET DE TRÈFLE. C'est pas moi.

VALET DE CARREAU. Ni moi !

VALET DE TRÈFLE. Tu peux pas arrêter de me recopier tout le temps toi ?

VALET DE CARREAU. C'est juste que c'est pas moi non plus !

HERAUT. Non, non ! Stop ! S'il vous plaît !

VALET DE TRÈFLE. Tout à l'heure, Carreau était dans la cuisine.

VALET DE CARREAU. Quoi ? Mais c'est complètement faux ! Pourquoi tu dis ça ?

VALET DE TRÈFLE. Parce que tu m'horripiles ! Tu m'agaces ! Je ne te supporte plus !

VALET DE CARREAU. Mais… c'est méchant… moi, je t'aime… tu es mon frère…

VALET DE TRÈFLE. — T'as des preuves ?

HERAUT. Ça suffit, je vous en supplie ! Allez vous asseoir. C'en est fini de moi. Elle va m'estourbir. M'occire. M'anéantir, me démolir, me refroidir, me détruire !

« LA REINE ». Te buter ?

HERAUT. *(Reste un temps bouche bée)* Les amis... *(ôte son chapeau et le tient contre son cœur)* une messe. En la mémoire de votre cher Héraut, le Lapin Blanc. Ce fut un immense plaisir de survivre avec vous. Un honneur et une chance.

Chafouin monte sur l'estrade.

CHAFOUIN. Si je puis me permettre... je n'ai pas été interrogé.

HERAUT. Ah merde ! Euh non, euh... flûte alors. Vous savez quelque chose ?

CHAFOUIN. Non. Rien du tout. Cependant j'ai trouvé une lettre.

HERAUT. De qui est-elle ?

CHAFOUIN. Elle n'est pas signée.

HERAUT. Et à qui est-elle destinée ?

CHAFOUIN. Ce n'est pas précisé.

HERAUT. Lisez là s'il vous plaît...

CHAFOUIN. Par où dois-je commencer ?

HERAUT. Commencez au commencement, et continuez jusqu'à ce que vous arriviez à la fin. Ensuite, arrêtez-vous.

CHAFOUIN. C'est là que j'ai regardé, ce jour...

HERAUT, *le coupant*. C'est le commencement ?

CHAFOUIN. Oui.

HERAUT. Très bien, reprenez.

CHAFOUIN. —

« C'est là que j'ai regardé, ce jour,
Vous ne m'aviez pas vu, ce four,
Elle a appelé fort, plafond,
Il retenait son train, tout rond,
Dans un moment regard fermé, c'est fou,
J'ai fait savoir cela, cailloux,
Elle a séché le feu, promis,
C'est là que je suis monté en bas, kiwi,
Mais vois ce qu'il ne montre pas, dédé,
Il trouve plein de fenêtres, réré,
Vous avez dit un, alors que j'ai dit deux,
Il a dit trois, mais elle avait un petit creux. »

Chafouin regarde Héraut.

CHAFOUIN. Alors, est-ce le coupable ?

ALICE. Je ne suis pas convaincue du sens que ça

peut avoir...

HERAUT, *braillant*. C'en est fini de moi...

VOIX OFF. Tartes retrouvées. Je répète : Tartes retrouvées. Elles étaient dans l'autre frigo.

Tout le monde se regarde.

CHAPELIER. Je le savais !

LIÈVRE DE MARS. Ah oui ? Et pourquoi tu ne l'as pas dit ?

CHAPELIER. Je ne le savais pas avant qu'elle le dise.

ALICE. Alors, c'est tout ? C'est terminé ?

ABSOLEM. Tu devrais en être ravie, crois-moi.

HERAUT. Merci, les amis, vous pouvez retourner vaquer à vos occupations.

Tous, sauf « La Reine », poussent l'estrade et le pupitre de la scène et alignent les chaises face au public. Alice les regarde, éberluée.

Scène 2

Tous

Pendant que les autres placent le décor, « La Reine » va discrètement vers la table, compare ses plans avec la réserve de poisons, regarde les autres de temps en temps, calcule, puis manipule les fioles. Lorsque toutes les chaises sont placées (ne pas oublier d'en ajouter une), on entend une détonation. La couleur des lumières change peu à peu. De la fumée apparaît sur scène. On voit que les personnages sont asphyxiés petit à petit. Il y a une sensation de chaos dans l'atmosphère. « La Reine » va vers Alice.

« LA REINE ». On a réussi Alice, tout se renverse !
ALICE, *joyeuse*. C'est vrai ?

Alice regarde autour d'elle. « La Reine » va vers chaque personnage, leur tapote l'épaule en disant chaque fois « Révolution » que chacun répète après elle. Idem avec « renversement ». Puis, tous le murmurent à l'unisson de plus en plus fort. Une alarme se déclenche. Tout le monde s'assied sur une chaise. La scène s'éclaircit, tout se calme, silence.

Scène 3

Idem

Noir.

Une lumière apparaît sur Héraut, assis sur la chaise du milieu, craintif.

VOIX OFF. Héraut, que sais-tu de la révolution ?

HERAUT. Je ne sais rien, je ne sais rien, je ne sais rien… *(se recroqueville sur lui-même).*

VOIX OFF. Héraut, que sais-tu de la révolution ?

HERAUT. Je ne sais, ne sais rien, ne sais rien…

VOIX OFF, *plus fort*. Héraut, je sais que tu sais. Dis-moi ce que tu sais.

HERAUT. Je ne suis qu'infirmier… un malade qui soigne les fous, un fou qui soigne les malades, je ne sais plus rien…

VOIX OFF. Tu n'es rien Héraut, si tu n'es plus là… souhaites-tu ne plus être là ?

HERAUT. S'il vous plaît ! Je ne sais rien, je vous le promets ! Ils sont tous fous, ils sont incapables de raison !

VOIX OFF. Et toi, es-tu capable de raison ?

La lumière se balade sur scène et s'arrête sur

Absolem. Il est aveuglé, sort des lunettes de soleil.

ABSOLEM, *sourit.* Bonsoir…

VOIX OFF. Absolem. Que sais-tu de la révolution ?

ABSOLEM. Révolution : Mouvement orbital périodique d'un corps céleste, en particulier d'une planète ou d'un satellite, autour d'une autre de masse prépondérante ; période de ce mouvement, appelée aussi période de révolution. Mouvement d'un objet autour d'un point central, d'un axe, le ramenant périodiquement au même point.

La lumière va sur Chafouin, agité.

VOIX OFF. Chafouin. Que sais-tu de la révolution ?

CHAFOUIN. Tu es perdu. Tu es perdu dans cette histoire. Aussi perdu que nous ! Tu dis que nous sommes fous. Mais ta réalité est-elle la bonne ?

VOIX OFF. Aucune importance. Dis-moi ce que tu sais !

CHAFOUIN. Toi tu aimes les souris. Nous sommes tes souris.

La lumière va sur le Chapelier, il est aveuglé, paniqué.

CHAPELIER. Aaaaaaaah !

LIÈVRE DE MARS. Un peu plus de musicalité, je te prie.

CHAPELIER, *plus chantant*. AAAAAaaaaah ?

VOIX OFF. Chapelier, que sais-tu de la révolution ?

LIÈVRE DE MARS, *en colère, hurle*. Et moi ? Je n'existe pas, moi ?

VOIX OFF. Non. Tu n'existes pas.

LIÈVRE DE MARS, *se lève, menaçant*. Redis ça une seule fois ! *(Le chapelier tente de le/se retenir, il est très effrayé)* Me retiens pas, je vais m'la faire !

La lumière va sur les Valets, assis l'un sur l'autre. Terrorisés. La lumière va sur « La Reine ».

VOIX OFF. Lucien. Dis-moi ce que tu sais de la révolution.

« LA REINE ». Tu me vomis par les yeux.

VOIX OFF. Je m'en fich...

« LA REINE ». Je ne suis pas Lucien ! Tu ne sais rien de moi ! Traite-moi de folle si ça t'amuse ! Je me révolterai encore, et encore, à l'usure, je t'aurai !

VOIX OFF. Lucien...

« LA REINE ». Non ! Ne m'appelle plus comme ça ! Je n'ai plus rien à voir avec Lucien, je n'ai jamais été Lucien, je n'ai jamais ressenti Lucien !

La lumière va sur Alice, « La Reine » prend la place d'Alice sous la lumière.

« LA REINE ». Tu ne veux plus me voir ? Je suis là, pourtant ! Regarde tes fioles ! Disparues ! Regarde-nous ! Nous sommes tous là… nous te faisons tous face ! Et si nous te faisons tous face, le monstre que tu es finira bien par rapetisser, jusqu'à disparaître !

« La Reine » sort une lampe de poche et la fixe sur la voix off (régis). Peu à peu les autres personnages la suivent en braquant une lampe torche sur elle. Un temps. On entend un bruit similaire au tonnerre, tous rient très fort. La scène s'illumine. Ils se tapent les mains, on entend des « bien joué » et « c'était bien aujourd'hui ! ». Tous rangent leur lampe torche. Tous, sauf Alice et Chafouin, rangent la scène comme si de rien n'était.

Scène 4
Tous

Alice regarde les personnages ranger la scène, puis se tourne vers Chafouin.

ALICE. Et maintenant ?

CHAFOUIN. Nous retournons vaquer à nos occupations.

ALICE. Qui sont ?

CHAFOUIN. Chercher une occupation.

ALICE. On ne devait pas s'échapper ?

CHAFOUIN. Pour aller où ?

ALICE. Je...

CHAFOUIN. On n'est pas si mal ici. En réalité, on y est mieux qu'ailleurs. On peut être qui on est.

ALICE. Vraiment ? Alors pourquoi cette révolution ?

CHAFOUIN. Pour ne pas s'ennuyer. Peut-être aussi pour notre ego. Ou notre santé mentale. Tu connais le syndrome de Stockholm ?

ALICE. Donc, elle veut réellement notre bien ?

CHAFOUIN. Je crois qu'elle n'a aucune idée de ce qui est bien pour nous. On est heureux si on est qui on est et donc si l'on ne prend pas son poison. Elle le comprendra peut-être un jour.

Alice examine Chafouin un instant.

ALICE. Mais... mais vous êtes un chat !

CHAFOUIN. En effet. En as-tu douté ?

ALICE. Jusqu'à maintenant, je voyais un être humain !

CHAFOUIN. C'est sans doute que le poison ne fait plus effet. Tu peux à nouveau penser par toi-même, et tes yeux ne seront plus trompés.

Un écran apparait, tous se cachent derrière. Alice y voit une chenille ; un lapin ; un chat ; deux valets (cartes avec des bras, jambes et têtes) ; un homme avec deux têtes, une à chapeau et une tête de lièvre ; et une femme en tenue imposante de Reine, rouge.

ABSOLEM, *à travers l'écran.* Qui es-tu ?

ALICE. Je... je suis...

Alice regarde le public, voit ses amis, ça l'émeut.

ALICE. Oh ! Vous êtes revenus ? Vous êtes vraiment là !

ABSOLEM. Ce sont tes amis ?

ALICE. Vous les voyez ?

ABSOLEM. Bien sûr.

ALICE. Personne ne les voit jamais ! On me prenait pour une folle !

ABSOLEM. C'est parce que tu crois en toi que je les vois. Ton imaginaire dit toujours la vérité… Qui es-tu ?

ALICE, *fixe le public, sûre d'elle.* Je suis Alice !

Noir.

Fin